小可與小美的友誼日記

北川佳奈 文　倉橋伶衣 圖　吳海青 譯

クーちゃんとぎんがみちゃん
ふたりの春夏秋冬

目錄

拆掉巧克力的外包裝，露出了閃亮亮的銀色錫箔紙，又挺又薄，用手指輕輕撕開錫箔包裝後，空氣裡立刻瀰漫著一股巧克力的甜味。

這是板片巧克力——小可，與錫箔紙好朋友小美，溫暖而開心的生活點滴。

1

春季的第一天

這件事發生在那年南風第一次吹到可可鎮的日子。打開窗戶，吸了一口早晨的空氣後，小可的內心深處有股蠢蠢欲動的感覺。

春天到了！

實在沒辦法一直待在家裡。

「今天的天氣這麼舒服，找小美一起去散步吧！」

整理好頭上的緞帶後，小可走出家門，溫暖的陽光灑在她的頭上。遠方還殘留著些微白雪的山巔，也吹來一陣帶著香氣的風。

在路上，和小可擦肩而過的巧克力威化餅女孩，也踩著春天般酥脆輕快的腳步。

小可朝著栗樹大道走去，這附近的栗樹長得特別高大。樹下有棟小小的圓木屋，那就是小美的家。

❖

抵達小美的家門前，小可本想直接把門打開，卻突然停下動作，接著輕輕一笑的說：

「我想到一個好點子。」

雖然有點突然，但小可想要「送小美一個禮物」。

這天既不是小美的生日，也不是任何紀念日，深吸一口春

marron
栗子糖

天的微風後，小可想做些和平常不同的事。

小可把手伸進口袋摸索，卻只掏出糖果包裝紙、剝落的寶石貼紙，只剩下一邊的耳環，以及櫻桃色的鉛筆蓋……沒有一樣算得上是件好禮物。

小可完全沒了剛才的好心情，無精打采的返回來時的道路。難得想到一個好點子，結果卻這麼讓人失望。

她發現自己變得硬邦邦的，明明剛才還是鬆軟軟的小可巧克力。

❖

小可垂頭喪氣的走著，眼前突然有隻大黃蜂怒氣沖沖的飛了出來。牠將毛茸茸的身體沾滿花粉，然後停在一朵罕見的花兒上面。

太陽暖烘烘的，但那朵雪白的花感覺卻非常冰冷。

小可蹲下身子看著那朵花，嘴裡喃喃說著：「這應該會是

小美喜歡的花吧？」那朵花雖然長得不怎麼起眼，但看起來非常清爽、舒服。

這時，小可身後傳來叫喚自己的聲音，她回頭一看，是帶著燦爛笑容的小美。

「嗨，小可，怎麼那麼巧，我正好要到妳家去。今天的天氣實在太舒服了，我想送妳一個禮物。」

小可眨了眨眼睛，既不是生日，也不是什麼紀念日，卻想送我禮物，小美一定也吸了滿滿的春風。

「我也有東西要送給小美。」小可指著在路邊的花朵。

小美看了立刻興奮的說：「哇，這朵雪白的花，感覺好像是被冬天遺忘的東西。」

兩人帶著笑臉，動也不動的盯著花兒。

剛剛把臉埋進花裡的大黃蜂，飛去找其他的花了。小可突然回過神來，她歪著頭說：「小美想送我什麼東西呢？」

「嗯……」小美指向天空說。

「我發現了白天的月亮。」

於是，兩個人又一起抬頭仰望天際，看似透明的白色月亮飄在湛藍的天空中。

小可陶醉的說：「這月亮好像剛剛煮好的白色麻糬。」

小可和小美不停的抬頭又低頭，輪番看著月亮和花朵。

春天的風，溫柔的吹過兩人身旁。

2 溫柔的棉被

刺眼的陽光透過窗簾照射進來，平常總隨著太陽一起醒來的小可，最近老是睏得不得了。她感覺就像是眼皮融化了，牢牢黏住似的，睜不開眼睛。

春天時，每個人應該都有這樣的經驗吧？半夢半醒之間，

小可的眼睛也半睜半閉，迷濛中她看到小美坐在床邊的椅子上，靜靜地讀著手上的書。

啊，是小美……

小可雖然覺得該起床了，卻依然陷入半睡半醒之間，因為實在太睏了，所以身體完全沒力氣。

小美突然把臉從書中抬起來，站起身幫睡得迷迷糊糊的小可重新蓋好棉被。因為不知何時，小可把棉被踢掉了。

棉被就像小鳥一樣又輕又溫暖，所以小可很自然的再次進入夢鄉。

等到接近中午，小可從被窩中醒來時，小美已經不在了。

「糟了，我和小美約好要一起去玩的！」

小可急忙跑到小美的家。

「小美，對不起，我完全睡過頭了。」小可一邊說著，一邊把門打開，看見小美正在幫爐上的茶壺點火。

「嗯，我看妳好像睡得很舒服，不好意思叫妳起床，所以就回家了。」

小美不以為意，只是簡短的說著。
煮了兩人份的熱紅茶後，小美開始談起剛剛看完的書。
但是小可一直想著別的事，所以沒有專心聽小美說話。她一手拿著茶杯，一邊往床那頭瞄。
小美的床上，整齊疊著一床像白雲般蓬鬆輕柔的棉被。小可對小美說：「我很高興妳幫我重新蓋好棉被，因此我也想幫小美重新蓋棉被，小美可不可以現在開始睡覺呢？」
「咦？現在嗎？」
小美會感到驚訝也是理所當然，因為才剛過中午，屋外的陽光還非常刺眼。

「對啊，到了晚上，我就沒辦法幫妳蓋棉被了，那個時間我也在睡覺。」

小可把小美塞進棉被裡，自己則坐在一旁的椅子上，等待小美進入夢鄉。

但是，性急的小可很快就坐不住了。

「小美，妳睡了嗎？」

「沒有。」

「小美，妳差不多快睡著了吧？」

「還沒有呢！」

小美想到身旁的小可正用充滿期待的眼神盯著自己，就無法順利入睡。她越是覺得必須趕快睡著，頭腦就越清醒。

小可再次盯著小美的臉。

「小美，妳睡著了吧？」

「我完全睡不著！」

於是，小美一腳把棉被踢開。

這時，小可突然開心的笑了，她小心的拉起棉被，重新幫小美蓋上。

當小可將棉被拉近到小美的嘴邊時，小美喃喃的輕聲說：

「小可，謝謝妳。」

有人幫自己重新蓋好棉被，確實非常開心，感覺就像是被溫柔的擁抱著。

3
意見不同

梅雨季結束了，在栗樹大道上，日本油蟬開心的鳴叫。

小可和小美結伴出門購物，小可想買衣服，而小美要買的則是音樂唱片。

位於栗子商店街正中央的廣場，有顆巨大的栗樹，在夏日的陽光下，閃耀著銀白色的亮光。

兩個人先來到「栗子藍精品店」，這裡陳列著店長巧克力千層酥用她的好眼力，從世界各地搜集來的衣服。

小可踏進店裡，馬上看到一件漂亮的襯衫，在夏日陽光下顯得特別耀眼的檸檬色，搭配涼爽輕薄的質地，最搶眼的是，背上還有著大型緞帶。

「這種顏色和設計實在太令人著迷了。」說著，小可把襯衫

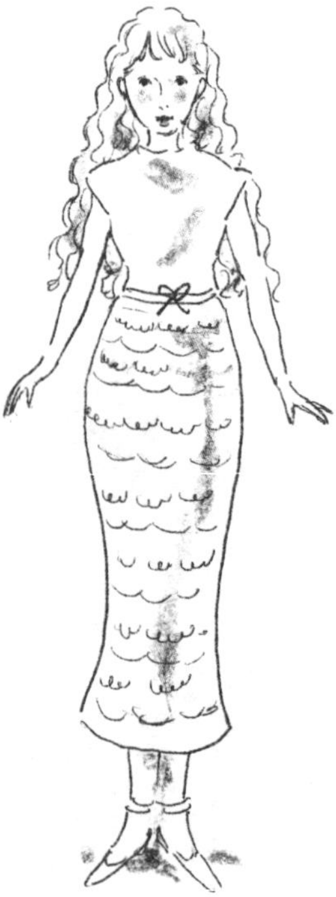

貼在胸前比了比。

但小美卻皺起了眉頭。

「可是，背上有緞帶的話，坐著靠在椅背時會感覺有異物，不是很舒服。」

聽到小美這麼說，小可非常驚訝。

她覺得，小美完全不懂什麼是時尚。

小可感到很掃興，於是她將襯衫放回衣架。

接著，她們來到「唱片鉗子」。這家店裡有許多店長巧克力手指餅精心挑選的獨特商品，非常受歡迎。

小美在這裡
試聽了幾張唱片
後，找到自己喜
歡的音樂。
那是首平靜
悅耳，可以滲透到內心深處的樂曲。
小美說：「聽著這首曲子，就好像眼前正下著雨一樣，
嗯……是冬天早晨的雨。」
可是，小可卻歪著頭說：「天氣這麼熱，外頭明明是出太

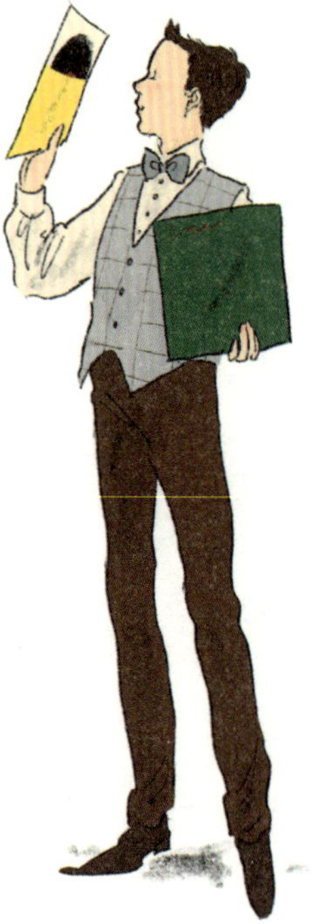

陽的大晴天，這太奇怪了。」

聽到小可這麼說，小美覺得很不可思議。

她心想，小可根本對音樂一竅不通。

小美很失望，她悄悄地把唱片放回架子上。

結果，兩個人什麼都沒買，彆扭的各自回家了。

❖

那天晚上睡覺前，小美喝著飲品，想起白天發生的事，她輕輕地嘆了一口氣。

「小可應該知道才對啊，就算背上有緞帶，她自己其實是欣賞不到的。」

不過，小美真心覺得那件襯衫好看，非常適合小可。

同一個時間，小可正在洗澡。

浴缸裡的熱水微微發出嘩啦聲響，讓她想起了在唱片行聽到的旋律，小可忍不住嘆了一口氣說：

「我完全不懂音樂！」

明明沒有下雨，卻能透過音樂感覺到彷彿正在下雨，小美真的很厲害。

鑽進被窩時，小可和小美不約而同的心想：「明天要再次一起出門買東西。」

兩人期待著明天趕快到來，同時慢慢地進入夢鄉。

4

可有可無的東西

晴朗的夏季早晨，小可抱著巨大的包包走在路上。

抵達車站後，她發現先到的小美兩手空空。

「早安，小可，妳包包好大喔！」

「小美，早安，小美的包包好小喔！」

等一下要到海邊去玩，但小美帶的包包

感覺卻像是只到附近走一走。

「對啊，有些東西沒有帶也無所謂。」

小美回答的很乾脆。

雖然包包大小有所不同，但是兩個人的頭上倒是同樣都戴了太陽眼鏡。

❖

噹噹噹……出發的鈴聲響了。

兩人上了火車，在面對面的位子坐了下來。在小可看來是右邊、從小美看去是左邊，兩人望著窗外的景色不斷流動。

火車很快的爬上山徑，各種翠綠的樹木緊鄰著車窗，感覺就好像綠色隧道一般。

「那是山紅葉，那是水胡桃，那個大概是樺樹……」

小美從葉子的形狀到樹木的名字都講得正確無誤，但她說著說著卻突然嘆了一口氣：

「哎呀！感覺肚子有點餓了……」

「我也是！搭上火車之後，我的肚子就開始餓了。」

小可似乎正等著小美說這句話，她從包包中拿出飯糰，還有夏蜜柑和仙貝。當然，她也為小美準備了一份。

小美心想，圓滾滾的飯糰用鹽巴調味得剛剛好，而且包得非常緊密，完全就是小可的風格，飯糰裡還包了滿滿的昆布。

「在火車上吃東西感覺特別美味。」說著，小美便把兩個飯糰、三片仙貝和半個夏蜜柑吃個精光。

火車轟隆轟隆地前進，穿過漆黑的隧道後，窗外閃耀著眩目的光線，陽光照射在整片大海上。

「是海耶！」兩人同時叫了出來。

她們眺望著大海的景色，直到眼睛被太陽照得張不開，才心滿意足的把頭上的太陽眼睛拿下來戴上。

❖

來到海邊之後，小美立刻跳進水裡，嘩啦嘩啦地游了起來。一旁的小可從包包中拿出游泳圈，在海面上漂浮著。

後來，小可把游泳圈借給游累了的小美。

小美把游泳圈套在身上後，嘴裡喃喃說著：「感覺好像飄在空中一樣。」

小美似乎非常喜歡這樣的感覺，她閉上眼睛，坐在游泳圈

裡，在大海上漂著。

小可笑了出來，她從包包中拿出照相機，拍下小美享受的模樣。

玩完水之後，兩人躺臥在沙灘上看書。

看完書之後，她們還去撿貝殼，追著寄居蟹跑，盡情享受海水浴。

當然，她們也欣賞了夕陽沉到海平面另一頭的過程。

回程時，因為曬了太久的太陽，她們發現身體變得紅通通的，皮膚也感到有些刺痛。

小可從包包中拿出一個淡粉紅色的瓶子，瓶子裡裝的是泡了桃葉的水。小可把水倒在純白色的棉布上，用它擦拭皮膚。

「曬傷擦這個很有用，小美也擦一點，來，給妳。」

小美聽了小可的建議，擦了一些在身上，發現它飄散著桃葉的香氣，皮膚感到一股清涼，非常舒服。

「原本有點發熱的皮膚，變得好涼爽喔！」

「轟隆轟隆」火車搖搖晃晃的前進，小美想起飯糰和游泳圈。她嘴裡喃喃說著：「我現在覺得，那些可有可無的東西，如果有了還是會覺得很開心。」

「對啊！但是小美你只要按照自己想要的、喜歡的去做，就可以了。」

聽到小可這麼說，小美噗哧一聲，開心的笑了出來。

回家之後，小可打算把照片印出來送給小美。她應該沒有發現自己坐在游泳圈時，閉著眼睛的陶醉模樣被拍了下來。

5 緞帶的用途

小可在鏡子前整理緞帶時，突然想到小美從來不穿戴任何飾品。

「穿得漂亮一點不好嗎？比方說，用緞帶裝飾。對了，把我的緞帶送一條給小美吧！」

小可喃喃自語，一邊打開抽屜。

她從五顏六色的緞帶中，選了一個最能搭配小美，讓她閃亮耀眼的顏色。

「有了，這條緞帶最適合小美。」

小可選的是一條鮮豔的水藍色緞帶，她小心翼翼的將緞帶打成蝴蝶結後，用攤平的漂亮點心包裝紙，將蝴蝶結包起來。

門外的天空一片湛藍，空氣中帶著一絲絲的涼意，現在已經是秋天了。

❖

打開小美家的大門後，飄來一陣甜甜的香氣。

「是栗子塔。」

小可高興的跳了起來。

小美做的點心雖然都很簡單，卻非常好吃。

「小可，歡迎歡迎！」

「來得正是時候！」

小可坐上餐桌椅，把要送緞帶給小美的事忘得一乾二淨。

栗子塔通常會在杏仁霜中放入許多整顆的栗子，大大咬上一口後，栗子的單純甜味和奶油的香氣互相融合，讓小可感到十分滿足。

❖

兩個人總是一邊享用著美味的茶和點心，一邊忘情的聊天。等回過神時，黃昏的微暗氣息已布滿了整個屋子。

「對了，差點忘了我有東西要送妳。就是這個，我覺得很適合小美。」

小可終於把禮物交給小美。

打開包裝紙之後，小美眼睛一亮。

「哇，謝謝！我正想要這樣的東西。」

聽到小美這麼說，小可非常開心，她認為小美應該也想打扮一下吧。

但是，小美卻把打得很漂亮的蝴蝶結拆開，然後俐落的站上椅子，把緞帶綁在電燈的開關上。

爬下椅子的小美拉了一下緞帶，只聽到「喀嚓」一聲，微暗的房間一下就變亮了。

「我剛好需要電燈的開關拉線，好方便啊。」

小美拉了好幾下緞帶，房間裡一下變暗，一下變亮。

小可原本希望緞帶可以成為小美頭上的裝飾品，所以她有點失望。

但是，看見開心拉著「電燈開關拉線」的小美，她覺得這條緞帶還是非常適合小美。

水藍色的緞帶在燈光下散發出平滑柔潤的光澤。

6

兩個人的音樂

氣溫突然下降，季節正式步入秋天。

一個晴朗的下午，小可和小美在庭院裡生火。

前幾天，小美用鋸子將庭院裡過長的栗樹樹枝全都鋸斷，徹底修剪了一番，所以她得到很多木柴。

小可將乾燥又長滿小刺的杉木樹葉和毬果集中起來，用火

柴點燃。放入木柴之後，火焰熊熊燃燒，發出「劈里啪啦」的爆裂聲響。

❖

小美用刀子在渾圓巨大的栗樹果實上劃出一道切口，然後將它們放在平底鍋上滾動。她想用柴火來烤栗子，這些都是掉落在小美家中庭院的栗樹果實。

當她將最後一批果實丟進平底鍋後，小美說：「烤熟之前，我有件東西想給小可看，等我一下喔。」

說完，小美便轉身跑回家。

❖

小美回來時，手上拿著木琴。

小可馬上明白那是小美做的木琴，小美很擅長用鋸子和鐵鎚製作東西。

那是一把非常漂亮的木琴，木頭上有著細緻的紋理，因為小美用銼刀仔細磨

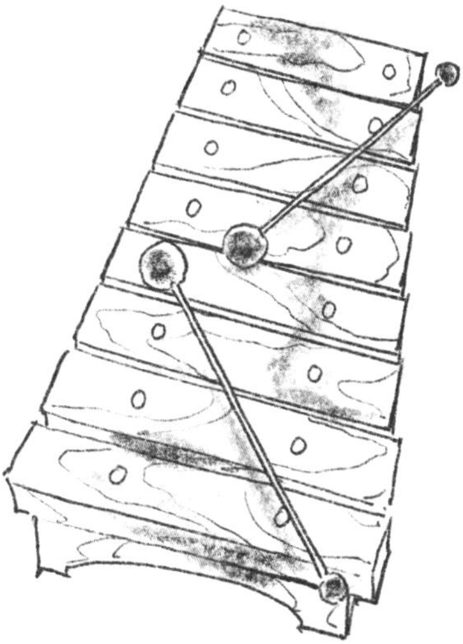

銼過，所以摸起來非常平滑。「它會發出什麼樣的聲音呢？」

小可想趕快聽聽木琴的聲音。

「小美，妳快敲看看！」

但是小美撫摸著木琴，似乎有話想說。

「小可，妳知道這把木琴是用什麼做的嗎？」

「應該是某種木頭吧？因為是『木』琴啊！別說這麼多了，趕快讓我聽聽它的聲音吧！」

「它是木頭，沒錯。」

小美看了一眼平底鍋，於是，小可馬上就聯想到了。

「這——該不會是用栗樹的木頭做的木琴吧？」

噹！咚！

小美用琴棒敲了一下木琴，表示小可說的是正確答案。

小美就這樣開始隨興演奏了起來，木琴發出的雀躍聲響，宛如一隻開心亂跳的小狗。

小可也擺動身體，開始跳起舞來。

小可雖然不會演奏樂器，但是，她發現只要踩著掉落在院子裡的樹葉，就會發出各種不同的聲音。

比方說，像這樣——

啪啾！咔沙哩！

嗶嘰！沙沙茲——

恰咪！

小美的木琴發出清澈的聲音。

鏘！啪砰！

轟鈴！

叩乒！

「小可，聽起來不錯耶，我們在合奏呢！」小美說道。

「什麼是合奏？」小可問。

「音樂！是音樂啊！」說著，小美忍不住笑了出來，於是小可也跟著笑了。

小可雖然不懂音樂，不過，她覺得像這樣不知不覺地笑出聲來，也是一種音樂。

小可因為柴火、舞蹈，或許再加上合奏，讓身體變得暖呼呼的，非常舒服。

栗樹的果實也在平底鍋上裂開，發出「啪嘰！」的聲音。

跳著跳著，兩個人漸漸覺得累了，最後，她們呈大字型的隨意躺在樹葉上。

「哇，實在是太開心了。」小美說。

「啊，好累啊！」小可說。

兩人調整了一下呼吸，爬起身來，一邊開心的笑著，一邊大口吃下熱呼呼的烤栗子。栗子鬆軟香甜，非常美味。

7

商店街的搖獎機

小可和小美認真蒐集，在蒙布朗商店街買東西時可以拿到的摸彩券，集滿十張就可以搖一次獎。

今年的贈品包括：

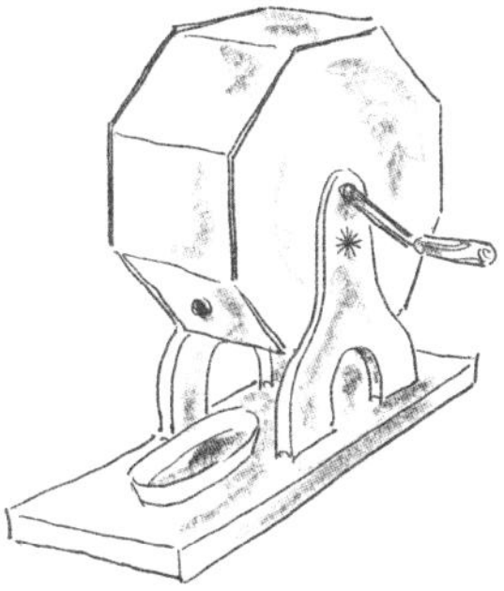

六獎「花的種子」
五獎「徽章」
四獎「雅緻的茶壺」
三獎「保齡球」
二獎「大型蒙布朗蛋糕」
頭獎「瑞士・蒙布朗之旅」

好不容易，兩人都集滿了十張摸彩券，她們打算去搖獎。

「小美，我有預感——這次我

們會搖到頭獎。」

小可一臉認真的說。

到目前為止，她連便利商店的抽獎券都不曾中過，卻總覺得「自己一定會中獎！」

相反的，小美雖然覺得一定不會中獎，但也滿心期待。

「小可，如果我們中了頭獎的瑞士．蒙布朗之旅，就可以一起去度假囉。妳看，上面寫可以得到兩張機票。」

小美將摸彩券上面的小字一一唸出。

穿過商店街的拱形招牌時，兩人異口同聲的說：「最不希望得到的獎品，就是三獎的保齡球。」

原因是，兩個人都沒打過保齡球。

❖

在商店街正中央的栗樹已經開始掉葉子了，但是廣場內的杉木聖誕樹，上面卻掛滿了裝飾品。色彩鮮豔的聖誕紅、亮銀色的緞帶、金色的鈴鐺，將聖誕樹裝點得非常華麗。在輕快的聖誕音樂中，可以聽到搖獎機轉動的聲音。

沙沙沙……沙沙沙……

唏哩唏哩……唏哩唏哩……

喀啦喀啦……沙嘩嘩……

那宛如波浪般的聲音，吸引著兩人。

她們站在等待搖獎的長長隊伍中，排了一會兒之後，小可臉色發白的「啊！」了一聲大叫出來。

「怎麼了，小可？」

「我好像掉了一張摸彩券……」

可能是在某個地方被勾到了，裙子的口袋裂開，破了一個大洞。

小美用手扶著下巴，想了一會兒，然後把手搭在小可的肩上，希望能鼓勵她。

「這樣好不好？我們一起搖一次搖獎機。」

「可以嗎？」

「可以啊，如果兩個人一起搖，就會有兩人份的運氣。」

聽見小美這麼說，小可感覺獲得了滿滿的力量。

很快就輪到她們了，小美把一次份的摸彩券交給負責活動的威士忌酒心巧克力。

接著，兩人一起握著搖獎機的搖桿。
「預備——起」她們異口同聲，合力搖動了桿子。
沙拉沙拉沙拉……喀隆！
她們屏氣凝神地看著滾出來的小球。
結果，搖出來的是紅色的球。
「六獎，花的種子！」威士忌酒心巧克力用沙啞的聲音報獎。

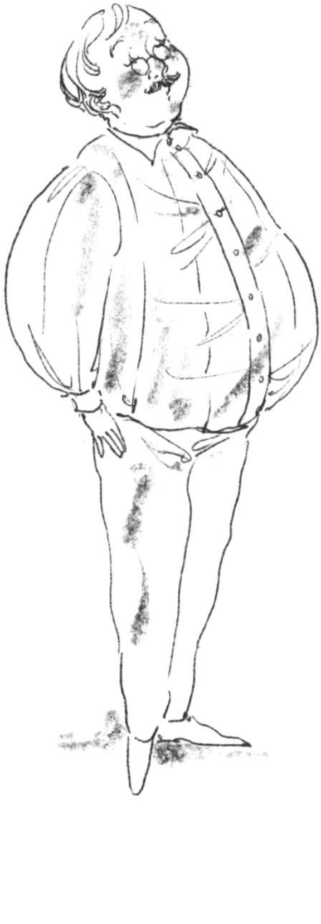

由於後面還有很多人在排隊，她們只好匆忙地離開隊伍。

或許是心理作用，搖獎機轉動時發出的沙沙聲響，聽起來已經不再像是海浪聲，就連聖誕節的音樂，聽起來也讓人感覺有點悲傷。

雖然沒有說出口，但兩個人都非常失望。

小可心想，如果可以再搖一次，一定會中頭獎。

小美心想，如果得到徽章，至少可以別上小可破了洞的裙子口袋。

❖

正當兩個人覺得差不多該準備回家時，在聖誕樹下，有一個糖衣巧克力小女孩正無聊的玩著一張摸彩券。

小可和小美互相看了一眼。

小可望向手上還剩下的九張摸彩券。

「這些摸彩券送給妳。」

小可把摸彩券交到小女孩手中。

小女孩先是滿臉驚訝，隨後便帶著燦爛的笑容，跑向等待搖獎的隊伍。

兩人原本失望的心情，頓時也一掃而空。

小鎮應該很快就會飄下今天冬天的第一場雪。

8

圍巾和紙杯電話

小美竟然感冒了，真是罕見！

小可想著要和小美一起跨年，特地來到小美家，卻發現小美穿著睡衣，身上還裹著棉被。

「小美，妳還好嗎？」小可問。

小美擤了擤鼻涕，用虛弱的聲音說：「啊，本來一直很期待可以一起跨年的。去年我們吃了放很多海帶芽的鍋燒烏龍麵，還玩了整晚的撲克牌，好開心啊！」

「對啊，從那個時候到現在，已經將近一年了，時間過得好快啊！」小可瞇起眼睛懷念的說。

除了海帶芽之外，鍋燒烏龍麵裡還放了烤成金黃色的麻糬，吃了之後身體暖呼呼的。

雖然玩撲克牌時，每次都是小美贏，但小可即使輸了也不在意，她們樂在其中。

去年跨年的回憶，真的非常完美。

小可搬了一把椅子坐到床鋪旁邊，一邊從包包裡拿出毛線球，一邊說：「小美，今天你必須好好休息，我就在這裡打毛線，我們可以聊聊天。」

準備要給自己用的圍巾就快打好了，過年之後，可可鎮的氣溫會急遽下降，應該剛好可以趕上。

因為小美一直咳嗽，於是她帶著歉意的說：「我怕會傳染

給妳，妳還是回家吧，小可。」

「怎麼會這樣？好無聊喔！」

在一年的最後一天，竟然不能和小美說話，小可覺得好寂寞。回想起去年那些開心的事，回憶變得加倍美好。

小美靠向枕頭，用著因爲感冒而變得昏昏沉沉的腦袋開始想辦法。

「乾脆把這個房子和小可的家，用『紙杯電話』連起來，不就好了。這麼一來，就算我們不在一起，還是可以聊天。」

「可是，沒有這麼長的線啊！」小可一邊說著，一邊不停

地織著毛線圍巾。

❖

很快的，小可的圍巾完成了。那是一條很長很長，有著玉子燒般的黃色，光是欣賞就會讓人感到元氣十足的圍巾。小可試著將它圍上脖子時，突然想到一個點子。

「有了，長長的線！」

如果把圍巾的毛線拆開，就是一條很長很長的線了。

「可是，妳好不容易才織好……」

小美話剛說到一半，小可已經用剪刀剪開圍巾的尾端。

小可在廚房找到紙杯，把毛線尾端穿過底部後，將紙杯交給小美。

「小美，等我喔！」

小可穿上外套，圍上黃色圍巾，迎著冬季的寒風往回家的方向走。小可走多遠，圍巾的毛線就跟著被解開多長。

圍巾變得越來越短，就像是北風正大口吃掉玉子燒一樣，風咻咻地吹進小可的脖子。

當圍巾的毛線完全被拆開時，小可也回到家了。

小可坐在椅子上，重複剛才的動作，將毛線穿過紙杯底部，然後把嘴巴貼在杯口。

啊——啊——小可清了清嗓子。

「小——美——」她呼叫著小美。

線的另一端，小美迫不急待地想聽見小可的聲音，她開心的從床上跳了起來，感冒似乎也不藥而癒了。

「喂，是小可嗎？」

「喂，是小美嗎？」

於是，兩個人就在各自的家裡，開始享受跨年的樂趣。

因為用「紙杯電話」講話時，耳朵會發癢，所以兩個人不時發出嘻嘻的笑聲。雖然在不同的地方，感覺卻比平常更接近彼此，非常不可思議。

「不好意思，讓妳把圍巾拆了。」

小美似乎還是非常在意。

「圍巾再織就有了。」小可瀟灑的說，一如她慣有的風格。

兩個人的房屋窗邊，都放著盆栽。

盆栽裡，種了用蒙布朗商店街摸彩券抽到的「花種子」，因為種子有六顆，所以兩人各自種了三顆。

如果長得好，應該會開出如玉子燒般的黃色花朵。只不過現在，種子還在泥土中沉睡著。

種子會在春天發芽，所以兩個人非常期待春天的到來。

文：北川佳奈

出生於日本東京都。曾任職於出版社，2020年以《夏奇貝修理容院的喬安》榮獲第28屆小川未明文學獎大賞，正式成為兒童文學作家。除此之外，作品還有親自參與繪圖的繪本《篝火》（以上書名為暫譯）。

圖：倉橋伶衣

居住於日本岐阜縣。從事雜誌、書籍的裝訂畫、插畫、原創雜貨繪圖等工作。繪本作品包括《雷米奶奶的抽屜》、《國王的點心》（以上書名為暫譯）。

譯：吳海青

喜歡日本文化的含蓄內斂，熱愛文字遊戲的千變萬化，希望能同時扮演好文字與文化的譯者。

故事館 061

小可與小美的友誼日記

クーちゃんとぎんがみちゃん ふたりの春夏秋冬

作　　者　北川佳奈
繪　　者　倉橋伶衣
譯　　者　吳海青
語文審訂　張銀盛（台灣師大國文碩士）
責任編輯　陳彩蘋
封面設計　張天薪
內頁設計　連紫吟・曹任華

出版發行　采實文化事業股份有限公司
童書行銷　蔡雨庭・張敏莉・張詠涓
業務發行　張世明・林踏欣・林坤蓉・王貞玉
國際版權　劉靜茹
印務採購　曾玉霞
會計行政　許俽瑀・李韶婉・張婕莛
法律顧問　第一國際法律事務所　余淑杏律師
電子信箱　acme@acmebook.com.tw
采實官網　www.acmebook.com.tw
采實臉書　www.facebook.com/acmebook01
采實童書粉絲團　https://www.facebook.com/acmestory/

I S B N　978-626-349-820-4
定　　價　350元
初版一刷　2024 年 11 月
劃撥帳號　50148859
劃撥戶名　采實文化事業股份有限公司
104台北市中山區南京東路二段95號9樓
電話：(02)2511-9798　傳真：(02)2571-3298

國家圖書館出版品預行編目資料

小可與小美的友誼日記 / 北川佳奈作 ; 倉橋伶衣繪 ; 吳海青譯 . -- 初版 . -- 臺北市 : 采實文化事業股份有限公司 , 2024.11
88 面 ; 14.8×21 公分 . -- (故事館 ; 61)
譯自 : クーちゃんとぎんがみちゃん : ふたりの春夏秋冬
ISBN 978-626-349-820-4 (精裝)

861.596　113013788

線上讀者回函

立即掃描 QR Code 或輸入下方網址，連結采實文化線上讀者回函，未來會不定期寄送書訊、活動消息，並有機會免費參加抽獎活動。

https://bit.ly/37oKZEa